註東坡先生詩

卷三十七

施註蘇詩

乾[illegible]六月十九日吕黄[illegible]詩全注刻成[illegible]園書[illegible]
新[illegible]九皋南康謝啟昆新𨋢喻[illegible]忠賢溪畢
武斂[illegible]谿王謨新城吴應珍魯[illegible]縠允嗣允曾戴
辛紹業浮梁鄭陳安南豐王聘珍南豐傅曰瑩臨川
李夢松鄧岦寶黃黃錫祿鄱易余紹縉寧都
廖述謨瀘溪鄧王鈞東鄉吴嵩梁奉新宋
畹香同觀

庚子四月三日集沈文學三硏齋
覃溪祕閣携所藏施注蘇詩示客周編修既題名簡端復屬題跋尾集施公之祖諱絬
以刺史居爲程公慶元閒爲餘姚令因家焉明季有餘姚施四明以忠節顯即公裔孫也陸放翁
在嘉泰二年注嘗成於嘉泰初後廿餘年始令餘姚殆將老矣四明名邦曜字爾韜別字四明萬曆
四十七年明史本傳作四十一年己未進士官至左副都御史聞思陵痛哭書其案曰慙無半策匡時難惟
有孤忠報國恩遂飲毒死贈太子少保謚忠介
國朝順治九年定謚忠愍明詩綜作恭愍
曲阜後學桂馥冬卉跋

漢玉至白綫何竟銘

秦鏡銘文曰吾作明竟幽湅三商調刻無極配象萬疆白牙皷琴眾神具音天禽四首衛縣剛邊則大一乘□□帝羣五誅三皇凶討鬼安富貴孫樂子曾蕃昌壽年益命其斯長

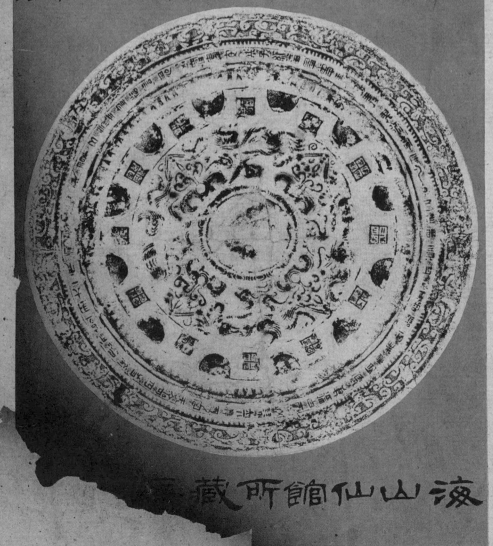

海山仙館所藏

註東坡先生詩卷第三十七

吳興施氏

吳郡顧氏

詩五十一首 起在惠州盡徙儋耳

食荔枝二首 并引

惠州太守東堂祠故相陳文惠公堂下有公手植荔枝一株郡人謂之將軍樹今歲大熟賞啖之餘下逮吏卒其高不可致者縱猿取之

丞相祠堂下
旁後漢馮異傳每屛樹下軍中號大樹將軍[illegible]駢大
實江淹四時賦炎雲方起芳樹移韓退之游青龍寺詩然雲燒樹火實駢瑞
露酌天漿見前卷地黃詩注韓退之詩與瓢酌天漿爛紫垂先
熟高紅桂遠揚毛詩七月取彼斧斨以伐遠揚分甘禍鈴
下漢司馬遷傳李陵素與士大夫絕甘分少能得人之死力晉王羲之傳有一味
之甘割而分之羊祜傳鈴閤之下侍衛不過十數人也到黑衣郎
志載張長史質凶屋以居覩黑衣人衛上擲瓦見擊其弟射殺之乃猿也
羅浮山下四時春盧橘楊每

荔枝三百顆不詞長作嶺南人

在南中五年每食
荔枝幾與飯相半

和子由盆中石菖蒲忽生九花

春黃秋英兩須臾楚辭劉向九歎
聊假日以須臾神藥人

間果有無無鼻何由識薝蔔維摩經如人
入薝蔔林唯

齅薝蔔不齅餘香
薝蔔梔子花也有花今始信菖蒲本草
菖蒲

陶隱居補注云真菖蒲葉有脊[illegible]四月五月
亦作小䕺花也南[illegible]梁武帝母[illegible]皇后見

之日見菖蒲花者[illegible]因[illegible]
衣香[illegible]生武帝[illegible]不能兩

蛺蝶寒意知[illegible]書[illegible]

之聲猶存於 注云秋鳴者不

取明年十二節上昭 食 [illegible] 藉 菖蒲

詩石上生菖蒲一寸十二節 人勸我食令我頭青面如雪 似 [illegible] 兒休更

蕭霜鬚

遷居 幷引

吾紹聖元年十月十二日至惠州寓合江

樓是月十八日遷于嘉祐寺二年三月

九日復遷于合江樓三年四月二十日

歸于嘉祐寺時方卜築白鶴峯之

戍庶幾其少安乎
前年家水東回首夕陽麗去年家水…
面春雨細東西兩無擇緣盡我輙逝今…
復東徙舊館聊一憩已買白鶴峰規作終
老計長江在北户文選左太沖吳都賦開北户以向日齊南冥於
幽都杜子美詩七星在北户雪浪舞吾砌青山滿墻頭
髻鬟幾雲髻本集詩劉禹錫李司空坐上賦…雲鬟宮
㛹娟春風一雖斷…由杜韋娘…[illegible]
洪傳所著書言
抱朴子因…

而卒[illegible]之
所得仍云[illegible]
中士注於名山
士先死後蛻謂之
柳李州

廟俎薦丹荔韓退之所作柳州羅池
者歌以享柳侯廟其辭曰
荔子丹兮蕉葉黃
雜肴蔬兮進侯堂浮生本無待佇了此
世王羲之蘭亭敍人
之相與俯仰一世念念自成劫塵塵各
有際續仙傳丁約謂韋子威曰郎君得道
尚隔兩塵子威問其故約曰儒謂之
世釋謂之劫
道謂之塵下觀生物息相吹等蚊蚋
逍遙遊篇野馬也塵埃
也生物之以息相吹也

兩橋詩并序

僖梯將去宋書顧駿之善書[illegible]
以為畫所每登樓去梯家人罕見其
去鄭審天寶故事楊國忠本張易之
授中易之恩幸無比每歸私第詔令
上仍去梯母恐絕嗣乃令女奴蠙珠[illegible]
遂生國忠五代史李崧傳魏王繼岌殺[illegible]
崇韜崧召書吏登樓去梯作
詔書倒用都統印告諭諸軍不知百年來
幾人隕涉湣豈知濤瀾上安若堂與閨往
來無晨夜酣痰休获雋使君[illegible]戊言妙割
無牛雞論語割雞焉用牛刀[illegible]我捐胥
犀東坡去二士告子亭助施忌[illegible]

法蘂當卷七　　一[illegible]

曲記

昔橋本千柱挂 弄水 板垂

浮梁陷積淖漢[illegible]五[illegible]傳天 淖注淖泥也石板隨奔

谿笑看遠岸沒坐覺孤城低聊因三瀼隙左傳皆於農 隙以講事稍進百步隄炎州無堅植楚辭屈原遠遊章嘉南州之炎德兮麗桂樹 冬榮杜子美得廣州張判官書詩忽得

信州潦水輕推擠千年誰在者鐵柱羅[illegible]

獨有石鹽木白蟢不敢躋似開銅[illegible]

惠州之東江谿合流有橋多廢壞
渡羅浮道士鄧守安始作浮橋以四十
為二十舫鐵鎖石矴隨水漲落榜曰東
橋州西豐湖上有長橋屢作屢壞栖禪院
僧希固築進兩岸為飛樓九間盡用石鹽
木堅若鐵石榜曰西新橋皆以紹聖三年
六月畢工作二詩以落之

[illegible]新天

[illegible]鯨貫鐵之索三

新巖雲谿集[illegible]

卷巨索青蛟壯[illegible] 旣合

撞擣一橋何足云[illegible]併[illegible]酒[illegible]有來

識喜笑爭攀爐杜子美詩攀擥齊[illegible]月殘語與寄夜永[illegible]爲龍而

驚逃雷雹生馬蹄嗟此病涉久孟子歲十一月徒杠成十二月輿梁成民未病涉也公私困留稽薮民食此險

出沒如鳧鷖似賣失船壺鶡冠子學問[illegible]中流失船一[illegible]

千金如去登樓梯後漢劉表傳表子琦[illegible]葛亮謀自安之術亮[illegible]封後乃共外高樓因令去梯語亮[illegible]

詭服浩䜿後恨簡文曰上[illegible]

鑿鐵馬蹄岌岌類鞭石山川斗會

始皇作石橋欲過海觀日出處有神石下海石去不速神輒鞭之流血三十

記亦云嗟我以閣筆唐陸贄傳從行奉天詔日數百他學士閣

不得下而贊沛然有餘不書紙尾鷖南史藥廓傳不能為徐干木

署紙尾韓退之藍田縣丞廳記丞抱成案卷其前鉗以左手右手滴紙尾鳧鶩行以

進法帖中有王氏一帖最後六書字相傳以帖之珍所酬至五萵冏鷖蕭

然無尺箠莊子天下十五冊一日取不

梯百丈下一弋

有堅木十七

槢飛云白

[illegible]其陰中湖[illegible]

探囊輒[illegible]仁[illegible]矣

閨文選別賦金閨[illegible]子古二婦史頭入內得[illegible]以助淹

父老喜雲集漢蒯通傳天下之士雲合霧集簞壺無空攜

孟子簞食壺漿以迎王師三日飲不散漢高祖紀張飲三日設書

西村雞似聞百歲前海近湖有犀東坡土橋下[illegible]

名鰐湖蓋嘗有鮫鰐之類郷知陵谷變毛詩高岸為谷深谷為陵

瀆生芡蘈後來勿忘今冬涉水過臍

悼朝雲 并引

紹聖元年十一月戲作朝雲詩三
五日朝雲病亡於惠州葬之栖禪寺
中東南直大聖塔予既銘其墓且和前
以自解朝雲始不識字晚忽學書粗有楷
法蓋嘗從泗上比丘尼義沖學佛亦略聞
大義且死誦金剛經四句偈而絕方生於朝雲墓
前作六如亭蓋取經中[illegible]夢幻泡影如露亦如[illegible]之
苗而不秀豈其[illegible]
淚信傷[illegible][illegible]守[illegible][illegible]
者[illegible]日

千歲藥詩 韋應[illegible]全[illegible]丹

乘禪 傳燈錄終[illegible]空偏兵之理[illegible]

一念償前債禪指三生斷後 [illegible]白[illegible]樂天和元微之詩垂

老休吟花月句恐君更結後身緣 歸臥竹根無遠近 杜子美廿

年行共醉終同臥竹根 夜燈勤禮塔中仙

丙子重九二首

三年瘴海上越嶠真我家 南越志南越五嶠為限[illegible]大庾嶠次騎田之嶠次都龐之嶠次萌渚之嶠次越嶠 登山[illegible]

蠻菊秋未花唯有黃茆浪堆壠生

酒蘗衆毒酸甜如梨櫨何以侑一樽

餽蠹蛇亦復強取醉歡謠雜悲嗟今年

惡歲僵仆如亂麻漢武五子傳始皇內平六國外攘四夷死人如亂麻

此會我雖健杜子美九日登梓州城詩明年此會知誰健狂

風卷朝霞使我如稚月孤光遲西湖

不欲往暮樹曉……世朝雲……在皿

上

此[illegible]花[illegible]

坐閑再使君[illegible]六

晉王戎傳戎公[illegible]秋[illegible]府[illegible]

秦不敢不共飲[illegible]古[illegible]將軍

寒風蕭蕭此水與此人相追[illegible]

生水紋[illegible]杜子美空

靈岸詩法法迨素浪落浴晨

清眺韓退之詩浪破法法去老去各休息

杜子美九日詩老

去悲秋強自寬造物嗟長勤佳哉此令

節不惜與子分何以娛我客遊魚在清

水師三百指鐵網欲掩羣禮記大夫不掩羣

雖一快買放尤可欣此樂真不朽

四年穆叔劉曰太上有立德其次有立功其次立言雖久不廢此之謂不朽

我歸耘

白鶴峰新居欲成夜過西鄰翟秀才二首

林行婆家初閉戶翟夫子舍尚留關連娟

缺月黃昏後漢司馬相如上林賦長眉連娟顏師古曰[illegible]細也楚

辭劉向九歎黃昏[illegible]秋懷詩寒雞空[illegible]縹緲新

居紫翠間杜牧又曰

秋來[illegible]愛[illegible]張[illegible]詩愁來不

美成都詩鳥雀[illegible]各歸中原杳茫茫[illegible]還杜美詩

村春雨急鄰火夜深明

甕間畢卓防偷酒晉畢卓傳為吏部郎比舍郎釀熟卓因醉夜至

甕間盜飲壁後匡衡不點燈西京雜記匡衡好讀書家貧無油燭

乃鑿鄰壁映光待鑿平江百尺井漢王莽傳翟義[illegible]興亭中有井

入地且百尺盧仝詩轆轤無聲井百尺渴心歸去生塵埃要分清[illegible]

壺冰文選鮑明遠詩直如朱絲繩清壺冰杜子美裴施州詩[illegible]

跡滯[illegible]著[illegible]
[illegible]外與佛[illegible]
明月錯落其間杜
詩內府般空馬腦盌
不藥碎金
收辟寒王子年拾遺記魏明帝時昆明國
貢嗽金鳥常吐金屑如粟此鳥畏
霜雪乃起小臺處之名辟寒臺宮人爭以
所吐金為釵飾謂之辟寒金故相嘲曰不
得辟寒金那得帝王人
心酉陽雜俎亦云
草木如有情慰此芳
歲闌幽人正獨樂周易幽人貞吉文選
延年詩仄同幽人[illegible]
扉常晝閉孟子獨樂
樂與衆樂樂孰樂
不知行路難古樂
有
難篇杜子美人日詩
直道無憂行路難

清秋佐卿忍是歸來鶴廣異記天寶／重陽日獵沙

鶴飛帝射之中戴箭西南而去益州
華一院有青城山道士徐佐卿寄寓
自外持一箭歸曰吾行山中為飛矢所
因挂箭于壁書月日且言後年箭主到
付之及玄宗幸蜀至觀見之乃沙苑縱獵
之日所射箭也廣德神異記並云仍云觀

即明月觀次律寧非過去僧高道傳房琯與邢／和璞遊廢佛堂和
璞以杖叩地掘之得一瓦瓶瓶中有婁師
德與永禪師書和璞笑曰有平治彷彿
記前世嘗為僧名一山主宅杜子／美一
智永瑄字次符
寶許應同王
宅留寺觀上樂

卷六

詩人故多感花發憶兩京 楊子[illegible]春日春[illegible]

菜忽憶兩京梅發時 石榴有正色玉樹真靈名 雄[illegible] 甘泉賦翠玉樹之青葱楼子由詩去後荏草盛憐汝計與亡注云矮雞冠即玉樹後庭花故此和章及之

粲粲秋菊花卓為霜中英 陶淵明詩芳菊開林耀青松冠巖列懷此貞秀姿卓為霜下傑

萸槃照重九纈藥兩鮮明 齊諧記費長房謂桓景曰九月九日汝當大災急令家人作茱萸囊繫臂登[illegible]菊花酒景如其言至夕[illegible]雞犬皆死

幽居有古意 [illegible]居之[illegible]

唐人[illegible]

金也陰陽害

第四成丑平
爲去伏苦調

正分一

生坐忍渴羣實皆互猜此史谷以…齊傳所爲侍齊中此

晞曰人主恩私何由可俗万一收猬求退
無地楚辭雖㒵離騷何桀紂之昌披兮夫
惟捷徑以窘步冀退之此日之可衆散徐
惜詩紛紛百紫知詭怪相披猖

酌飲逡巡味尤長晉阮瞻傳瞻常羣行冒
熱渴甚逆旅有井衆人
競趨之瞻獨逡巡在後須飲
者畢乃進其夷退無競如此

先生飯土塯史記秦始皇紀二世曰吾
之韓子曰堯舜採椽不
茨不翦飯土塯啜土硎
雖監門之養不觳於此無物與劉

劉乂者亦一節士持愈[illegible]
此諛墓中人得者不若與劉君為壽

娛醉客時鼸砌下花井水分西鄰竹[illegible]

東家蕭然行脚僧一身寄天涯文選江通古別[illegible]
君在天
一涯

東齋手種柏今復幾尺長知有桓司馬椓

莭為遯藏史記孔子適宋與弟子習禮大樹下宋桓司馬魋欲殺孔子拔
其樹孔子遂去

近聞南臺公[illegible]我出餘俚年未[illegible]

愴抱嶐寢驚[illegible]

二[illegible]上卷二

宗主布

新居已覆瓦無待 知 生

為椽栟 榿栽與籠竹 篇子美堂成詩云榿木只吟風葉籠竹和烟

滴露梢 小詩亦可求 杜子美有憑何十一少府覓榿栽從韋二明府覓

綿竹詩 尚欲煩貳師刺山出飛流 後漢耿恭傳匈奴擁

絕澗水恭於城中穿井十五丈不得水恭歎曰昔貳師將軍拔佩刀刺山飛泉湧出

刀整衣服向井再拜有頃水泉犇出 應須鑿百尺兩綆纔

牛

吳子野絕粒不睡過作詩

上人陸道士皆和予六次[illegible]

聊為不死五通仙華嚴經寶輪妙莊[illegible]界有佛名功德海[illegible]輪於彼時為五通仙現大神通六萬諸仙前後圍繞終了無生一[illegible]

緣圓覺經心悟寶相具無生忍法華經言佛世尊以一大事因緣故出現於世傳燈錄慧能大師曰本自無生今亦無滅獨鶴有聲知半夜杜子美詩獨鶴不知何事舞春松露鶴知半夜鶴水鳥也夜半火位感其生氣則益喜而鳴

老蠶[illegible]不食已[illegible][illegible]字太白哥一稱子書吳也桑葉絲吐蠶三眠

懷君鮮比[illegible]遊步

吳寺頂莖

後不書編[illegible]
山成故事不妨[illegible]
次韻惠[illegible]二[illegible]相會
唸字韻四詩墨蹟云惠守和焉並藏吳與秦氏此詩云軾次韻南圭使君與循州唱酬一首循州蓋周彥賓字文之事見三十六卷荅周循州詩詩南圭使君乃惠州守方子客後題云因見二公唱和盛忽破戒作此詩與文之閱訖即焚之慎勿傳也
共惜相從一寸陰晉陶侃傳常語禹聖人惜寸[illegible]

當惜分陰酒杯雖淺意殊深且同月下二李太白月下獨酌詩舉杯邀明月對影成三人莫作天涯萬里文選古詩相去萬里餘各在天一涯東嶺近開松菊徑陶明歸去来辭三徑就荒松菊猶存南堂初絕斧斤音知君善頌如張老禮部晉獻文子成室晉大夫發焉張老曰美哉輪焉美哉奐焉歌於斯哭於斯聚國族於斯文子北面再拜稽首君子謂之善頌善禱猶望携壺更一臨杜牧之[illegible]第集[illegible]

又次韻

桐鄉馮星實於浙中見大所
抄景定重刊施注因補方綱以上之
此詩云子容伏蒙誦明而書寵示
佳章謹次原韻東嶺對成柱
李陰春光日日向人深遠瞻廣
厦驚凡目自是中台運外心輪
奐欲形張老頌宮商先聽伯牙
音料公不負南堂仍應許衷
翁領客非方綱按此詩施注
原本殘闕今得見此全文喜
而次韻快如雲月破昏陰榻
對羅浮道院深豈獨周襲
新曲語應知郏羽早秋心
後先淮浦摩挲意主客
豐湖唱叠音不枉嚴詩
編杜集非關音帖要塵脂
丁巳中秋方綱

山䨖 [illegible] 聽 [illegible]

賈吉 [illegible] 所應許衷翁領客晴先生真蹟六載啓壹蒙寵示

佳篇以許過頭新居謹依韻上謝伏望焚覽集本作曉窻

清快墨蹟作明共夜題云一閱訖幸毀之切告切告集本

與後詩相連題云次韻二守同訪新居以墨跡觀之非也

今所題為一且載南圭一使訖名先生集中藉以不

六

穀畝蓬蒿古縣陰高僧傳張仲蔚所居 [illegible]

快夜堂深梅聖俞詩五星明㪍夜堂深也知卜
宅白樂天詩亦知官舍非吾宅漢楊傳千載之後棺槨朽腐乃得歸土
真宅聊欲跏趺看此心大吡婆沙論結跏坐定相圓滿白樂
酬錢員外詩煩君想我看心坐報道心空無可看閑道攜壺問奇
字漢楊雄傳劉棻嘗從雄學奇字時有好事者載酒肴從游學更因登
木助微音禮記檀弓孔子之故人曰原壤其母死夫子助之沐槨原壤登
木曰久矣予之不託於音也歌曰貍自之斑然執女手之卷然雜登于木其之
角相娛比戶江千一部首
下丁

碑永昈下睢無

又次韻二

墨所云次韻與主文之二太守同過山雋新居之什

伏望予覽後云請一吳文之便致之切告切告

此生真欲老墻陰 劉禹錫墻陰歌莫言墻陰數尺間老盡主人如等閑

却掃都忘歲月深 文選江淹恨賦敬通抵見閑關却掃晉葛洪傳閑門却掃未嘗交遊

拔薤已觀賢守政 後漢龐傳為漢太守郡人任棠有奇節參到先候之與言但以薤一本水一盂置戶屏自孫伏於戶下參思其微意曰是欲[illegible]也水欲吾清拔大本薤欲[illegible]

當戶欲吾開門恤孤參在職果能抑強助弱以惠政得民折蕊

人心陶淵明山海經詩窮巷隔深轍故人車歡然酌春酒摘我園中蔬

風流賀監常吳語李太白憶賀監詩四有狂客風流賀季真子美遺興詩賀公雅吳語在位常清狂

憔悴鍾儀獨楚音左傳成公九年晉景公見鍾儀問之曰南冠而縶者誰也有司曰鄭人所獻楚囚也使稅之問其族曰伶人也與之琴操南音

治狀兩科俱第一潁川

歸去肯重臨漢黃霸傳為潁川太守治為天下第一徵守京兆尹坐貶秩有詔歸潁川奇劉禹錫再授汝州詩

之
事為笑
宗告山亂皆
精[illegible]梏胃如許而安詩旨丁
寧初至勿以之人盖以平生
以文字興謗賠禍處患吞深
然海南之役意不免焉叮可
歎貳

學語鷓鴣在柳陰臨行呼出翠帷深 柳子厚渾
鴻臚宅聞歌詩翠
帷雙卷出傾城 通家不隔同年面 墨注
文之與南圭令爭同年後漢孔融傳歎
李膺曰先君孔子與君先人李老君同
比義而相師友
與君累世通家 得路方知異日心 樂

靈琢曰紫陌尋春使隋同□之越子面青雲得路可知異日之心

遊上苑韓退之詩歸騎春衫薄　要求國手教新□

梅不用催歸騎截鐙須□舊所臨墨跡六文之嘗倅韶開元天寶遺事姚元崇牧荆州受代日闔境民吏泣擁馬首截鐙留鞭以為遺愛舊唐書崔戎傳自華州刺史遷兗海觀察使州人戀惜遮道至□□臥轍斷鐙者

種茶

松間旅生茶後漢光武紀□生穀旅□注旅寄也已與松俱

瘦莎棘尚未容蒙羽□□□□

百歲何□□

顧成山中嘗實所息　一去貝後

同叢然根乃獨齊稱　一紙

彌旬得連陰似詐晚邀若乃無忘流轉詰杜子美詩寄語風光共流轉戢戢出烏味茶譜蜀州雀舌鳥嘴麥顆未

任供臼磨且可資摘嗅千團輸太官漢百官表太官七丞主天子飲食百餅衒私鬬何如此一啜有

味出吾園茶經云建人謂鬬茶為茗戰

白鶴山新居鑿井四十尺遇盤

石盡乃得泉

海國困蒸溽新居剎高寒 韓□之墓誌樂其
以彼陟降勞 柳子厚非銘崖州峻厚是則水益遠人陟府大難
此寢興乾 左傳子雅子尾怒盧蒲嫳曰譬之禽獸吾寢處之矣 但芸
江路峻常懸汲腰酸矻矻煩出夫 韓退之進學解
常矻矻以窮年白樂天詩披沙復鑿石矻矻無冬春磽确碕巇層巒 李賀
杜唐歆兒詩頭玉磽磽眉刷翠 彌旬得尋丈下有青不磐
終日但逆火何時見蹶瀾遑我築與醪利
泓祥與鑽山石示 岫□□館
僮僕喜甚□官

氷滿我生[illegible]

湯 注記一[illegible][illegible]傳子犯[illegible][illegible]𥈅之

食飲水曲肱而枕之樂亦在其中矣

三月二十六日二更

南嶺過雲開紫翠 杜子美詩絕壁過雲開錦綉杜牧之早春閣下

詩千峯横紫翠 北江飛雨送淒涼 文選謝玄暉詩朔風吹飛雨蕭

條江上來庾信詠懷詩凄涼多怨情杜子美詩宵殘雨送涼涼 酒醒夢

春盡日 李涉詩終日昏昏醉夢間忽聞春盡強登山 閑門[illegible]

坐燒香 莊子南郭子綦隱几而坐[illegible]韋應物性高潔[illegible][illegible][illegible][illegible]

坐

門外橘花猶的皪漢司馬相如傳明月珠子的皪江靡

荔子已斕斑樹暗草深人静處卷簾歆

卧看山

吾謫海南子由雷州被命即行了

不相知至梧乃聞尚在藤也旦夕

當追及作此詩示之

九疑聯緜屬衡湘

在天一方史記

陵營濟[illegible]之川海紅蒼[illegible]
蘇子卿詩良友遠離別各在天一方
李涉潤州聞角孤城吹角水[illegible]汐日寺潮江蒼茫庾信詠懷
詩日晚荒城上蒼茫餘落暉幽人竊枕坐歎息周易幽人貞吉
文選劉越石重贈盧諶詩中夜撫枕歎古樂府白紵歌悠悠夜遲遲猶歎息撫枕思君
終反側我行忽至舜所藏禮記葬者藏也江邊父老
能說子白須紅頰如君長莫嫌瓊雷隔雲
海李太白赤壁歌烈火高張照雲海聖恩尚許遙相望
美詩棣萼別永相望一平生學道真實意豈[illegible]

俱存亡天其以我為箕子要使此言

荒後漢東夷濊國傳昔武王封箕子[illegible]鮮箕子教以禮義田蠶又制八條之[illegible]其人終不相盜無門戶之閉婦人貞信[illegible]食以籩豆尚書五百里要服孔氏云綏[illegible]外之五百里要東以文教五百里荒服孔氏云要服外之五百里言荒又簡略也

他年誰作輿地志南史顧野王傳撰輿地志三十卷行於世海

南萬古真吾鄉

行瓊從詢寄興坐睡夢中得句云

千山萬嶺[illegible]　日東行

清[illegible]

四州環一首 仁二記

相去道里[illegible]人所聚其注[illegible]小生悉[illegible]

隅如渡月半弓於高望中 溢傳登[illegible]樓眺矚

中原概然云云 但見積水空此主當安歸 三國志魏鍾會

傳持此将安歸乎 四顧真途窮 晉阮籍傳時率意獨駕不由徑路車

迹所窮輙慟哭而返 眇觀大瀛海 史記孟子傳騶衍序中國名曰赤縣

神州內有九州乃有大瀛海環其外天地之際焉 坐詠談天翁 史

記荀卿傳鄒衍之術迂大而閎辯齊人頌曰談天衍 而 茫茫太倉中

米誰雌雄 莊子秋水篇計中國之在海內不似稊米之在大倉

懷忽破散永嘯來天風韓退之記[illegible]風飄飄吹我

千山動鱗甲萬谷酣笙鐘安知非群仙

天宴未終列子周穆王偷王及化人之賓以為清都紫微鈞天廣樂帝之所居

喜我歸有期舉酒屬青童韓退之詩一杯相屬君當歌墉城集仙錄及魏夫人傳青童君来降夫人之別寢命青華玉女煙景珠髻西盈之鐘

急雨豈無意催詩走群龍杜子美片[illegible]黑應是雨作詩

夢雲忽變色文選高唐賦昔[illegible]寢夢一日妾巫山神之為行雨孟

容續仙[illegible]君[illegible]

黿□改容而□
工久矣此妙聲□□
聞蓬萊宮樂府解題□□□□說成上與伯牙至蓬萊山聞海
汩滿澌聲山林窅冥羣鳥悲號乃援琴而歌之遂為天下妙手

次前韻寄子由

我少即多難邅回一生中楚辭九章欲邅回以千傺恐重
患而難尤百年不易滿文選古詩人生不滿百寸寸彎□
弓老矣復何言文選李陵荅蘇武書嗟乎子卿夫復何言□
今兩空涯洦尚一路楞嚴經如一衆成佛終不於□

洹又云十方薄伽梵一路涅槃門梵語泥洹此云涅槃所向[illegible]

似聞崆峒西仇池迎此翁兆二卷雙引云在潁州[illegible]夢人請住一官府榜曰仇池後漢西南[illegible]白馬氐傳仇池方百頃四面斗絕今在[illegible]州上祿縣秦州記仇池山本名維山上廣百頃壁立千仞杜子美鄭十八著作詩頗念此翁懷直道胡為適南海復駕垂天雄下視九

萬里浩浩皆積風莊子逍遙遊篇鵬之不知其幾千里也飛翼若垂天之雲鵬之徙於南[illegible]搖而上者九萬里[illegible]不大翼也無力四望古今[illegible]

更名[illegible]此

別何足

賺兩童 西京 庫藏云……

五尺表 裹有明 還鄉亦何有暫假壺公

有老翁賣藥懸一壺於市肆頭市罷 入壺中長房見而異焉因詣公俱入壺

於是隨入深山長房辭歸公與一竹杖曰 騎此任所之即自至矣既至可以杖投葛

陂中也長房乘杖須臾來歸即以杖投陂 顧視則龍也丹臺錄謝元一名壺公乃費

長房所見暮 入空壺者 峩眉向我笑錦水為君容 毛

誰適 為容 天人巧相勝 史記伍子胥傳申包 胥曰人衆者勝

天定亦 能勝人 不獨數子工指點昔遊處 杜

虛無是征路蒿萊生故宮高士傳張仲蔚所居蓬蒿沒人

安期生 并引

安期生世知其為仙者也然太史公曰蒯通善齊人安期生生嘗以策干項羽羽不能用羽欲封此兩人兩人終不肯受亡去見漢蒯通傳予每讀此亦嘗不廢書而歎仙者非斯人而今為之設意哉

魯連賓鄉

安期本

蒯之迴嘗

苗裔不見邪

連抵掌吐長虹言良代連使世折卿相之權

傳優孟抵掌談語盧仝月蝕詩今夜吐沫如長虹難堪踞床

紀酈食其求見沛公沛公方踞床使兩女子洗酈生不拜長揖云云寧挹扛

鼎雄項羽傳力扛鼎事既兩大繆漢司馬遷傳事乃有大繆不然

者飄然簫遺風漢禮樂志簫浮雲簫音躡迺知經世上

莊子春秋經世出世或乘龍楚辭王褒九懷乘虯兮偃蹇高回翔兮

臻豈比山澤臞漢司馬相如傳列仙儒居山澤閒形容甚

飢啖栢 公列仙傳須于食柏實偓佺 松實續仙傳大中間有野人緑毛云我即姚泓也食松 柏得長生唐逸史亦云 縱使偶不死

堪為僕僮茂陵秋風客 漢武帝紀葬茂陵 李賀金人辭漢歌 茂陵劉郎秋風客 夜聞馬嘶曉無跡 望祀猶蟻蠭 漢郊祀志 武帝望祀 蓬萊之屬 幾至殊庭 海上如瓜棗 史記封禪書李少 君言上曰嘗遊海 上見安期生 食棗大如瓜 可開不可逢

夜夢 并小[illegible]

七月十三日至倩[illegible]

事出于道

書帒

夜夢焙遊童子如 位 [illegible]下

檢責鶱之書 漢張釋之傳 吏世輙首 計功當畢春秋

餘今迺始及[illegible]莊矜恒然悖寤心不舒起

坐有如挂鉤魚 韓退之赴江陵詩歸舍 不能食有如魚挂鉤 戔

生紛紛嬰百緣 文選宋玉神女賦紛 紛擾擾未知何意 氣固

多習獨此偏弃書事君四十年仕不顧[illegible]

書繞纏自視汝與丘孰賢易韋三絶立

然 史記孔子世家晚而喜易序彖[illegible] 象說卦文言讀易韋編三絶[illegible]

以犀革編 左傳莊公十二年衛人 萬于陳飲之酒而以犀革

遷居之夕聞鄰舍兒誦書欣然

作

幽居亂鼃黽 禮記儒有幽 居而不淫 生理半人禽覺

然已可喜 莊子徐無鬼虛逃虛空 者聞人足音跫然而喜 況聞弦

誦音 禮記文王之為世子也 九學必時春誦夏弦 兒聲自圓美

南史王筠傳好詩 圓美流轉如彈丸 誰家兩青衿 毛詩子衿 刺學校廢

也青青子衿 悠悠我心 已欣棠 下 一字

雖[illegible]提[illegible] 齊[illegible]

幽下笑 吟七平宮

家日南唐張九齡輔要州日南身侍無南北杜子美詩浮雲安可限南北如安知不定今海闊尚挂斗天高欲橫參杜十天詩天橫醉後參荊榛短墻缺杜子美詩鄰雞還過短墻來燈火破屋深司空圖詩孤螢出荒池落葉穿破屋引書與相和漢曹參傳大歌呼與相和置酒仍獨斟史記李斯傳置酒於家韓退之縣齋讀書詩酒熟無孤斟可以侑我醉琅然如玉琴杜子美詩泉聲帶玉琴

聞子由瘦東坡古借耳至難得肉

五日一見花豬肉十日一遇黃雞

頓頓食諸芋杜子美遣悶詩頓頓食黃魚又秦州詩充腸多諸芋

以薰鼠燒蝙蝠舊聞蜜唧嘗嘔吐朝野僉載嶺南獠民好為蜜唧即鼠胎未瞬通身赤蠕者飼之以蜜飣之筵上囁囁而行以筯挾取咬之即唧唧作聲故曰蜜唧

稍近蝦蟇緣習俗韓退之食蝦蟇詩余初不下喉近亦能稍稍

十年京國猒肥羜毛詩既有肥羜以速諸父

日日烝花壓紅玉從來此腹負將軍東坡云谷讀去大哉不負汝負將軍

春禾君宗漢公子傳

下無正味蝍蛆去莊子民食芻豢

麋鹿食薦蝍蛆甘帶正味縣鴟鴞嗜鼠四者孰知正海康別駕復何為

子由時責授雷州別駕九域志雷州海康郡晉職官志州置刺史別駕帽寬

帶落驚僮僕相看會作兩臞仙漢司馬相如傳列仙

之儒居山澤間形容甚臞還鄉定可騎黃鵠漢西域傳烏孫公王

悲愁為歌曰居常土思兮心內傷願為黃鵠兮歸故鄉

客俎經旬無肉又子由勸不讀

蕭然清坐乃無一事

病怯腥鹹不買魚爾来心腹一時[illegible]孔明出師表爾来二十有一年矣使君不復憐烏攫[illegible]吏食道旁烏攫其肉問之知吏還霸迎勞之曰甚苦食於道旁乃為烏所盜肉[illegible]國方将掘鼠餘漢蘇武傳武在匈奴廩食不至掘野鼠去草實而食之歸拜典屬國老去獨收人所弃漢貨殖傳白圭樂觀時變故人弃我取人取我予游戲時到物之初莊子田子方於老聃曰吾遊心於物之初從今免被喚郎笑緑的蒙頭讀道書三國志吳孫策傳有一如[illegible][illegible]不復

將宴客召[illegible][illegible]下接迎[illegible]

曰昔[illegible]陽[illegible][illegible][illegible]文[illegible][illegible][illegible]道廢漢字[illegible]岸賞著絳

書亦以助化[illegible]爲南[illegible][illegible][illegible]其[illegible]益諸君但未悟耳今以子[illegible][illegible]畏歸勿復費紙

筆也即命斬之

宥老楮

我墻東北隅張王維老穀張王並去聲本草楮實一名穀實毛詩爰有樹檀其下維穀樹先樗櫟大莊子逍遙遊篇吾有大樹人謂之樗人間世篇見櫟社樹其大蔽牛是不材之木也葉等桑柘毛詩桑之未落其葉沃若流膏馬乳漲墮子楊梅

為尋丈地養此不材木莊子曰此[illegible]不材故終天[illegible]

之得輿薪孟子輿薪之不見為不用明焉規以種松[illegible]

方朔傳規以為苑靜言求其用毛詩靜言思之寤辟有摽略[illegible]

得五六霄為蔡侯紙後漢宦者蔡倫傳自古書契多編以竹簡其用縑帛者謂之為紙縑貴而簡重並不便於人倫乃造意用樹膚麻頭及敝布魚網以為紙天下咸稱蔡侯紙

予入桐君錄唐藝文志有桐君藥錄三卷其藥錄載楮實王赤[illegible]取中子陰乾用之劉禹錫試[illegible]洞[illegible]有[illegible]部知[illegible]

黃縉[illegible]成素[illegible]以[illegible]

[illegible]

洗吐燭[illegible]嶽

恭伯子纂[illegible]有哭嗚之失[illegible]狂[illegible]徽

陋生理有倚伏倚伏老子禍兮福所倚福兮禍所伏役冥冥為賊

詩德怨聊相續左傳成公三年晉知罃曰臣不任受怨君亦不任受德

德無怨無德不知所報

觀棊 并引

予素不解棊嘗獨游廬山白鶴觀觀中人皆闔户晝寢獨聞棊聲於古松流水之意欣然喜之自爾欲學然終不解也

過迺粗能者僧守張中日從之戲子

坐竟日不以為猒也

五老峯前白鶴遺趾廬山記棲賢寺東有五老峯廬山之勝此為冠者

長松蔭庭風日清美陶淵明斜川詩序風物閑美

我時獨游不逢一士誰歟綦者戶外屨二禮記戶外有二屨言聞則入言不聞則不入

不聞人聲時聞落子紋枰坐對其董璸言宣宗朝日本國王子入[illegible]帝[illegible]待詔顧師言與之對其[illegible]至[illegible]行[illegible]敘[illegible]云之[illegible]指[illegible]益[illegible]夏

京六入選[illegible]

味空鈎五心弘

指勝歐欲然陶淵明有會下而

可喜楚辭九辯不遷豈不可喜兮哉史記孔子世家優哉

遊哉維以卒歲聊復爾耳晉阮咸傳未能免俗聊復爾耳

糴米

糴米買束薪毛詩不流束薪百物資之市不緣耕

樵得飽食殊少味後漢周燮傳有先人草廬結于岡畔下有陂田

常勤肆以自給非身所耕漁則不食也後漢馬援傳過是欲少味矣再拜

邦君論語邦君為兩君之好有反坫願受一廛地孟

而為詆知非笑昨夢莊子則陽蘧伯玉行年六十而六十化未始不始於是之而卒詘之以非也未知今之所謂是之非五十九非也食力

內愧後漢徐穉傳家貧常自耕稼非其力不食春秧幾時花百

稗忽已穟悵焉撫耒耜誰復識此意

入寺

曳杖入寺門禮記檀弓孔子負手曳杖輯杖挹世尊法華經此尊妙相具

我是玉堂仙謫來海南村老先生宿

業盡一氣□下夜古

守無為

並ゞ東旨六鵬

杜子美詩經清淨摩尼寶珠

樂爍玻瓈盆韓退之詩矩嵗玻瓈盆三入從併即可

維摩經能如是宴坐者佛所印可稍覺塵忙裏閒看樹轉

午坐到鐘鳴昏斂收平生心耿耿聊自溫

次韻子由三首

東亭

仙山佛國本同歸白樂天答客說詩海不是吾歸處歸即應

兜率天世路玄關兩背馳文選廣絕交路險巇文選

栖頭陁寺碑文開幽鍵感而遂通至又曹顏遠感舊詩羣士皆背馳

妨閑卜築杜子美舍弟到江陵詩卜築應同蔣詡徑流年白

鬏期頤禮記百年曰期頤逸知小檻臨廛市定右

新松長棘茨誰道茆簷劣容膝杜子美詩小溪劣容

舟陶淵明歸去來辭倚南牕以寄傲審容膝之易安海天風雨看紛

披文選洞簫賦其仁聲若凱風紛披容與而施惠杜子美九成宮詩紛披長松倒

東漢

白髮蒼顏[illegible]合[illegible]

[illegible]詩[illegible]

[illegible]編今[illegible]

爲□者新

杯□霞等□□□ 雄□□校書天祿閣 □□歷貢

詎書名新書左傳言□四手春許將 獲麟杜預曰仲尼絕筆□後嬖之一句小

醉易醒風力軟杜牧之代人寄遠六言詩河橋酒旆風軟安眠

無夢雨聲新長歌自調真堪笑底處人間

是所欣柳子厚登蒲州石磯詩高歌返故室自調非所欣

椰子冠

天教日飲欲全絲漢袁盎傳字絲為吳兄子種謂盎曰吳王日久今絲欲刻治彼不上書告君則刺君矣南方卑濕絲能日飲亡何說

及而已如與辛得脫美酒生林不待儀番禺□子中有□

三外許番人好飲謂之椰子酒戰國策帝女儀狄造酒進之於禹自濟

巾邀辭客南史陶潛傳郡將候潛逢其酒熟取頭上葛巾漉酒畢還復著

之更將空殼付冠師漢高祖紀以竹皮為冠令求盜之薛治應

劭曰薛魯國縣也有作冠師規摹簡古人爭看漢高祖紀冠摹

弘遠簪導輕安髮不知隋禮儀志簪導者簪所六建髮於冠導所

以□櫟□髮入巾幘之裏更著短□□□晉輿服志江左時野

人已著□□上□入亦乃高□□□□□□□圖名

帽東坡

幽芳本長春宮序　廿六

易料枯株（庾信岦岦 枯株年年）宿根深便作

紫笋茁乘時出婉娩（禮記內則女教婉娩婉娩聽從）為我暖

栗烈（毛詩二之日栗烈箋云寒氣也）先生蚕貴重廟論淮

英拔而今城東瓜（史記蕭何世家召平者故秦東陵侯秦破為布衣貧種瓜於長安城東門外）不記召南茇（毛詩甘棠美召伯也召伯之教明於南國蔽芾甘棠勿翦勿伐召伯所茇）陋居有遠寄小

無闊躡還為火爨計坐待行年亟（東子）

年六十臘果綴梅枝韓退之洛陽春詩桃枝綴紅糝春

竹葉文選張景陽七命荊南烏程豫北竹葉注云竹葉宜城九醞酒也

言一萌動已覺萬木活聊將玉蘂新東坡云世謂此玫瑰花也

揷向綸巾折世說謝萬詣簡文著白綸巾鶴氅共談論後漢郭太傳嘗遇雨巾一角墊時人乃故折巾一角以為沐宗巾

次韻子由浴罷

理髮千梳淨風晞[illegible]屈原離騷[illegible]子陽之

阿淮燕[illegible]湯沐日具而[illegible]

[illegible]然語

地之心也語自
水漫然濯腰腹
東坡云海南無器故常乾浴而已……二振羽雙耳
目毛詩六月莎雞振羽倦馬驟風沙奮鬣一噴玉穆天
子傳東遊黃澤使宮樂謌曰黃之陁其馬噴沙皇人威儀黃之澤其馬噴玉皇人壽
穀垢淨各殊性快愜聊自沃雲母透蜀紗
琉璃瑩蘄竹王勃春思詩水精却挂鴛鴦幔雲母斜開翡翠帷韓退之
鄭羣贈簟詩蘄州笛竹天下知一府傳看黃琉璃稍能夢中覺
白與玄丹丘談玄詩茫茫大夢中惟我獨先覺漸使生處熟

宿有語生疎覔常令熟熟熟疎覔放令生熟

楞嚴在床頭時仰讀晉王湛傳兄子濟嘗詣湛見床頭有周易問曰叔父何用此為湛體中不佳時脫復看耳

反流歸照性一楞嚴經反流全六用不行

獨立遺所矚楚辭屈原九歌表獨立兮山之上

未知仰山禪傳燈録仰山惠寂禪師問香嚴近日見處如何香嚴乃有偈曰去年貧未是貧今年貧始是貧去年無卓錐之地今年錐也無仰山曰汝只得如來禪未得祖師禪

已就季主卜文選張[illegible]涿離詩歲暮懷百憂[illegible][illegible]季[illegible][illegible]史記日者傳司馬季主楚人[illegible]山[illegible]安[illegible][illegible]忠為卜大夫賈誼為[illegible]山

義

安心會[illegible]

將以兵以
不可得違麼
督孟子耴之也片疾無咎
借前韻賀子由生第四孫斗老
今日散幽憂莊子讓王蔦州支伯曰我適有幽憂之病方且治之未暇治天下也
彈冠及新沐史記屈原傳新沐者必彈冠新浴者必振衣
况聞萬里孫已報三日浴朋來四男子大
壯泰臨復周易復亨出無疾朋來無咎開書喜見面盡人
謝孟諫議詩開緘宛見諫議面未飲春生腹白樂天詩似陽和[illegible]
春無官一身輕有子萬事足左傳昭[illegible]六年[illegible]

曰子服氏有子哉杜預曰有賢子也舉家傳吉夢毛維何

維羆男子之祥殊相驚凡目爛爛開眼電晉傳神

秀徹視日不眩裴楷目之曰戎眼爛爛如巖下電磽磽峙頭玉李賀

杜豳公之子唐歌兒詩頭玉磽磽眉刷翠杜郎生得真男子但令強筋

骨可以耕衍沃文選張平子西京賦廣衍沃野厥田上上不須

冨文章端解耗紙竹君歸定何日我計只

已熟後漢明德馬后紀計之熟矣勿有疑也長留五車書莊子

惠施多方其書五車要更 予 學士宗

卓書未子 共

德也又曰詩
子之祭也內
賤人言造似我宮[illegible]三[illegible]盧谷
史記蘇秦傳使我有負郭田二頃豈能佩六國相印乎莫待八州督
晉陶侃傳位八州都督東坡云吾前後典八州

獨覺

瘴霧三年恬不怪反畏北風生體疥朝來
縮頸似寒鴉焰火生薪聊一快紅波飜屋
春風起先生默坐春風裏浮空眼纈散
霞庾信擣衣詩花鬟碎眼纈龍子細文紅無數心花發

翛然獨覺午窗明欲覺猶聞醉鼾聲

向來蕭瑟處楚辭宋玉九辯悲哉秋之為氣也蕭瑟兮也無

雨也無晴

十二月十七日夜坐達曉寄子由

燈爐不挑垂暗蘂爐灰重撥尚餘薰清風

欲發鴉翻樹漢李尋傳日將旦清風發甘澤謠陶峴詩鴉翻楓葉夕陽

動缺月初外犬吠雲韓退之詩缺月煩屢瞰神仙傳淮南王仙

去雞鳴天上[illegible]南[illegible]犬吠雲中[illegible]天[illegible]

乾前漢活計隨[illegible]

身又老□來漸喜如聞□

若無所聞跨海幽□□

謫居三適

旦起理髮

安眠海自運浩浩朝黃宮日出露未晞毛詩湛湛露斯匪陽不晞鬱鬱濛霜松文選詩鬱鬱澗底松老櫛從我久齒疎含清風一洗耳目明習習萬竅通盧仝詩兩腋習習清風生莊子大塊噫氣其名為風作則萬竅怒號也苦嗜睡杜牧之上李中丞書好酒嗜睡其癖已痼朝謁常

爬搔未云足已困冠巾重韓退之詩收斂加冠

何異服轅馬漢灌夫傳局趣効轅下駒沙塵滿風騣

厚龍城録寧王善畫馬滚塵圖內玉面花驄風騣霧鬣倩偉如也琱鞍鑾

珂月實與徂械同解放不可期枯柳豈易

逢誰能書此樂獻與晝金翁白樂天六十六詩瘦覺腰

金重

午窻並睡[illegible]給孰

蒲團盤兩膝竹[illegible]

到無何有之莊下

不見息心息空

手佛遺教經當併除睡蛇睡……和……浮……衲下

莊子逍遙遊篇藐姑射之山有神人焉其神凝　白樂天送文暢上人詩心到夜禪空

體適劉卯酒白樂天閑樂詩空腹三杯卯後酒曲肱一覺醉中眠我

生有空穀祿盡空餘壽枯揚不飛花周易枯楊

生花何可以也膏澤田裏朽孟子膏澤不下於民韓退之左遷至藍關詩豈將裏朽計殘年

謂我此為覺物至乃不受謂我

今方夢此心初不垢心紅不垢不浄非夢亦非

敢問希夷叟楊文公談苑陳摶聞至百日周世宗令扶

户以試甚異之雍熙
初賜號希夷先生

夜臥濯足

長安大雪年西京雜記元封二年大寒雪深五尺野鳥獸皆死牛馬悉踡縮如蝟杜子美詩漢時長安雪一丈牛馬毛寒縮如蝟束薪抱衾裯毛詩揚之水章云不流束薪小星章云肅肅宵征抱衾與裯杜子美詩城中斗米換衾裯相許寧論兩相直雲安市無井斗水寬百憂杜子美引水詩月峽瞿唐雲作頂亂石崢嶸俗無井雲安沽水僕奴悲[illegible]役移居心力苦白帝城西竹萬[illegible]引水喉[illegible]乾今[illegible]人生留滞生理[illegible]何一百[illegible]

逃空谷莊子徐[illegible]者聞人[illegible]

鶴[illegible]衣錄異[illegible]五[illegible]不[illegible]日血所見[illegible]

說苑墨子謂[illegible]國[illegible]下有[illegible]侯之珠者又欲[illegible]粟者得[illegible]不得[illegible]

得隸不得粟子將何擇食菜不敢留杜子美詩食蔬不敢餘況

有松風聲南史陶弘景傳隱居聞松風欣然而樂釜鬲鳴䬐

風史記蔡澤傳澤入魏韓遇奪釜鬲䬐於塗白樂天詩棠熱葉戰風䬐䬐瓦盎

深及膝時之後冷暖投傳燈錄蒙山道明云如人飲水冷煖自知

明燈一爪剪快若鷹辭韝韓退之詩今君行得所勢若晚

韝鷹杜子美去矣行君不見韝上鷹一飽則飛掣天低瘴雲重

薄海氣浮土無重腿藥左傳成公六瑕氏土薄水

惡易覩易覩則民愁民愁則墊隘於
有沉溺重膇之疾柳子厚栽竹詩適
膇疾蒸鬱獨以薪水瘳誰能更包裹冠
寧所宜
裘沐猴漢項羽傳楚人沐猴而冠

子由生日

上天不難知好惡與我一方其未定間人
力破陰騭史記伍子胥傳申包胥曰人衆者勝天天定亦能勝人啟書雒天陰騭下民小忍待其定報應其可必季氏生
而仁觀過見其[illegible]論語子曰人之過也[illegible]其黨觀過[illegible]
端如柳下惠[illegible]三黜[illegible]

直道而事人往而不三黜有詩而[illegible]去

兒孫七男子東[illegible]子由[illegible]三[illegible]四[illegible]次[illegible]逢吉羨

範身其康強子孫其逢吉遙知設羅門漢鄭當時傳翟公為廷尉賓客填門及罷門外可設雀羅獨掩懸罄室左傳僖公二十六年齊侯曰室如懸罄野無青草何恃而不恐回思十年事無愧篋中筆杜子美詩篋中有舊筆情至時復援但頭白髮兄白樂天寄陳式詩年来白髮兩三莖憶別君時髭未生惆悵料君應滿鬢當初是我十年兄年年作生日

以黄子木拄杖為子由生日

靈壽扶孔光漢孔光傳為帝太師詔賜靈壽杖菊潭

始盛弘之荊州記菊水出穰縣芳菊被水極甘香谷中飲此水上壽百二十八十者猶以為夭太尉胡廣患風疾休[illegible]南歸常飲此水後疾遂瘳年八十二乃薨廣字伯始

雖云閑草木豈樂蒙此耻柳子厚賀者對蒙耻遇僇以待不測之誅

一時偶收用千載相瘢痕海南

無佳植野果名黃子番禺雜編黃子類交州子橘屬也以黃色

堅瘦多節目白樂天游悟真寺詩樹木多瘦堅晉和僑倚庚敳見而歎日森森如千丈[illegible]雖[illegible]多[illegible]節目施之大廈有[illegible]用[illegible]

任[illegible]倚

嗟我始貴[illegible]世[illegible]緣此[illegible]

貴從老夫手往[illegible]先生凡相從叩欸。不

愧仙人杞（本草枸杞一名仙人杖）

註東坡先生詩卷第三十七

爲□春波寫惠州白鶴峯圖於蘇齋施顧注卷內系以詩

鶴峯東峙鵝城西雙江橫掠仙禽飛三年與公對衡宇儻識箇世方南圭木棉高花堆大齋鐵梭撐石開

扉華表峥嶸插霄漢公尚酣睡聽荒雞以思㭫思水印水玉塔影卧豐湖渚林行婆家酌春酒翟秀才

呼東籬我倚孤亭看落日直至月落朗星稀英靈不隔銅一研（曾脩公祠於沼中獲故研）以与林黨同扶藜夜汲井水添

□□銘片石從伊稽作圖好寄寶蘇室附諸宋槧施注詩　嘉慶九年月長至寧化伊秉綬草

公居水東憶水西塵塵念念誰端倪偶追白鶴古觀梅斯晨斯夕非留稽俄七百載

弦識方南圭依前重葺棟与析鼎研侶留胥帶犀研銘一字紙尾鼈（墨卿重居得一）

□扁拓孰齋墨卿前秋寄覃溪使我趺息照不迷与君宿夢峯同躋

齋（墨卿別号默齋而惠州賑事有坡公書默化堂扁）千載此心盟可締二江鑑澈青玻瓈鏡灣挂出橫空霓比

真見先生来杖藜笑尔与我鴻爪泥陶耶葛耶同手携三山咫尺米一稊奴

研屏翠瞰千峯低　墨卿屬友寫白鶴峯於施顧注惠州詩卷內賦詶□

可得見今□